님·의·침·묵·탈·고·100·주·년

卍海先生

親筆詩集

친필시집

한국학자료원

乙
無題

李舜臣

사공 삼고

乙支文德

따뷔삼어

破邪釰

눈이들고

南柾北馬

하이볼까

1

아마도 님 찾는 길은

그뿐인가 하노라

早春

일은 봄
겨은 언덕

싸인 눈을
집헤 마소

제아모리
차다기도

돕는 엄을
어이하리

3

第　　　號

봄옷은 새로 지어

가신님께 보내고저

又

새봄이

오단날기

매화야

물떠보자

눈바람에

약한길은

게어이

오단멜가

봉오리면

몇더라

매화는

말이없죠.

第　　　號

又

봄ㅅ동산
눈이녹어

꽃뿌리은
저서도다

찬바닭에
못견대은

이엽분
꽃나무야

7

간더운

나리든눈이

봄의 使徒

이니라

泰春畵

따는 꿑

틍에지고

維摩經

읽방하니

가빠읍게

나는 꿩이

군人자들

가리움다

9

구타여

꽃밀ᄌᆞ
ㅅ
자
른

읽어 무사

하세오

其二

봄날이　　묘오카로

향은피고　　안갯드니

쌉쌀개　　꿈을꾸고

거미는　　줄을친다

第　　　號

어디서 뿌꿍이 소리

산 넘어 오더라

.2

第　　　號

輝境

가마귀
검ㅅ다ㅎ고

해오배기
히다마라

검은들
모자라며

히다고
…을소냐

13

일없는 사람들은

봉타준타 하더라

4

秋夜頌

가을밤

기다기에

잠간 화포

풀재떠니

첫수비도

뜻찾어서

새벽빛이

새도워라

일없는 사람들은 볼타준다 하더라

4

第　　號

秋夜頌

가을밤

기다기에

깜간 화또

풀재떠니

첫수비도

멋찾어서

새벽빛이

새도워라

15

그 별을

앗앗더면

더 갔지나

많 것을

春雨
數葉

간밤의
같은 비가

그쳐지도
무겁드냐

비방울에
늘니운 채

높고 뜻이는
어린 풀아

아츤볏

가뻐운쳐쏘

네반을줄

웨쓰르나

코스모스

가벼운
걸ㅅ바람에

나부끼는
코스모스

꽃놓이
날개이나

날개구
꽃납이야

1

아마도 너의 魂은

蝴蝶이가 하노라

溪流

무른 산
맑은 물에

씻이 하는
것는

거늬으니

갈삿 水

숨여쓰고

들은
을

꾸엇든가

21

웃부다 새소리에 놀너어

낙시 채는 고녀

其二

세샹일 잇
믈은 망하고

낙시 드린
저漁翁아

그대게도
무슨근심잇어

텬을피고
한숨짓노

蒼波에

白髮이 비치기로

그, 들人鋲어

하노라

男兒

사나이
되앗으니

무슨일을
하아볼까

밭을 짜아
책을살까

색을덮고
갈을갈까

맞차고 글읽는 것이

대장분

成功

百里를

가랑이며

九十里가

半이라네

始作이

半이라는

우리들은

그르도다

뉘라에

연나흘맞을

왼달이라

해든가

秋花

山집의　일없는　사람

가을꽃을　뿍어삼엽지세　여겨

지는　해人興　받으화고

울타해리틈　젹넛드니

西風이

너머와서

꽃가지를

꺾어라

職業婦人

헛새벽. 깊은 것을

끝께가는 거마누라

工場人心 어떠토고

후하듯사 때하듯사

말없이

손맞댄것고

더욱빨리

가더라

물이
재이면
깊다해도
밑이잇고

떠가
혜아리면
놉다해도
위가잇다

33

말없이

손땐것고

더욱빼리

가더라

물이
깊다해도

재이면
밑이잇고

뫼가
놉다해도

혜아리면
위가잇다

그
보
다

높
고
도
값
은
것
은

남
쁜
인
儿

하
노
라

第　　號

개고리
우는소리

비오실줄
아랏것만

님께서
오실줄알고

새옷입고
나갓드니

님보구

그틀숲에

하날벤가

배멸쥐오시니

하노라

青山이
萬古
라면

流水는
몇날
인고

꽃을 조리
산에 드넓

요간 사람
몇이런고

靑山은 말아 없고

물 만흘너 가더라

漂娥

맑은물 헌돌위에

비단빠는 거아씨는

그대치마 무명이오

그대수건 삼베로다

붓노니 그 비단은

누를 위해 빠는가

山에
九

꼬
을
펼
까

바다
에
떠
려가

眞珠
캘
까

하
늘
에
가

밝
은
별
까

짬
에
드
리

깊
은
꿈
까

두어라

님의 품에서

기픈회포

풀리라

대실로 · 비단 짜고

손님으로 바늘 보사어

萬古 四時靑~
옷을 시어 수를 끝어

못해니 두엇다 못은 지에가

어집에
뭇한겨

해가차거든

우리님께

드리리라

漂娥

맑은물
한돌위에

비단빠는
저아새야

그대치마
무명이오

그네수건
산명베로다

45

벗노니 그 배 탄은

누를 위해 빠는가

허생ㅅ길　머다　한든

하나밧에　더잇는가

사밥마다　끊어내면

혹꼬흘도　못되리라

가다가

길이없거든

도리옴까

하노라

秋夜愛

가을밤에
비ㅅ소리새

놀나깨니
꿈이로다

오젓든님
간데읍고

풍잔불에
흐리고나

그눈을

또꾸라한들

잘못이뻬라

차노라

青山이 筆吉라면

流水는 몇날인고

붓을 조처 산에 드뎌

오란 사람 몇이뎟고

51

青山은 말아 献고

물만 흘너 가려라

山에 가
玉을 캘까

바다에 들어가
真珠 캘까

하늘에 가
밝은 달 따올까

집에 드리울
꽃은 꺾을까

53

두어라

님의 품에서

기운회포

풀어라

其二

아
속다

그때 人公의

꿩연히
나의
꽃을

깜은때
꿰깨짓노

님의손길

어대가르

이불커마

잡엇는고

55

벼개 위

눈물 흐젹

낫거 무삵

하리오

白頭山이

되九

豆滿江이

물이

흘르기로

야구 사이
일 너서 이
라 튀구 후
뵈엇

오
인하 다 가
가위 하 노
오 치 새
앉 라
는 이
것 에
은

漢江에서

술싯고
게잡껫고

못가득히
바람싯고

불거슴나
노질하며

가고
간줄
알았었다
느니
드니

산돋고

붉은꿈에서

다시돋쳐

오더라

비낀 볕

소 등위에

피리 부는

저 아해이고

너의 소

일없거든

나의 근심

실어 주렴

씻기 ~~까~~어

어려지안치면

부린곤이

없노라

죽은 사람

응당히
만하리라

그 무덤의
풀은 베어

그 풀은
잘 ...만...처려

第　　　號

왜꼬여
某乱

도막
〰

가진울게
밤은

끈으리와

밤에 온
비빠라이

얼마나
보지든끄

땅고텄은
꽃송이기

가엽시고
며러졋다

65

님의침묵 100주년 기념도서

卍海先生 親筆詩集

만해선생 친필시집

2025년 12월 28일 인쇄
2025년 12월 31일 발행

저 자 | 한용운
발행인 | 윤영수
발행처 | 한국학자료원
등 록 | 제12-1999-074호

주 소 | 서울 은평구 연서로 37길 40-1
팩 스 | 02.3159.8051
E-mail | eksung@naver.com

ISBN 979-11-7417-079-8(03810)

정가 30,000원